HÉSIODE ÉDITIONS

JACQUES BOULENGER

Le Chevalier à la charette

Hésiode éditions

© Hésiode éditions.

1 rue Honoré - 93500 Pantin.
ISBN 978-2-493135-97-1
Dépôt légal : Octobre 2022

Impression Books on Demand GmbH

In de Tarpen 42
22848 Norderstedt, Allemagne

Le Chevalier à la charette

I

Comme de coutume, le jour de l'Ascension, le roi Artus tint sa cour à Camaaloth, la plus aventureuse de ses villes et l'une des plus agréables ; mais ce fut une cour triste et non pas merveilleuse comme celles de naguère. Certes, le temps était beau et partout verdoyaient les prés et les bois ; les oisillons menaient leur joie sous la ramée ; mais nulle pucelle ne songeait à cueillir les roses : Galehaut était mort, Lancelot parti depuis un an... Ah ! maintes larmes furent pleurées devant que cette cour se séparât.

Comme le roi sortait de la messe, Lionel au cœur sans frein arriva. Vainement, durant un an et un jour, il avait parcouru tous les pays en quête de Lancelot : il n'en avait appris aucune nouvelle ; et la reine eut si grand deuil, en l'entendant, qu'elle put à peine le cacher.

Ce même jour, on apprit encore que la dame de Malehaut était morte d'amour pour Galehaut, sire des Îles lointaines. Et le roi dit que Lancelot devait être mort de deuil comme elle à cause de la perte qu'il avait faite de son ami.

– Certes, fit messire Gauvain, il eut raison, car avec Galehaut toute prud'homie et vaillance ont disparu du monde !

De ce mot, la reine fut très courroucée, car elle ne croyait pas que Lancelot fût mort : elle pensait qu'il était malade ou prisonnier ; son cœur le lui disait bien.

– Comment, Gauvain, dit-elle, il ne reste sur terre nul homme qui vaille ? Il y a au moins le roi votre oncle !

Tout le monde se tut et le roi se mit à songer tristement. Comme il rêvait ainsi, entra un chevalier tout armé et ceint de son épée, mais sans heaume, grand et fort de ses membres, les jambes longues et droites, bien fourni des reins, les flancs étroits, la poitrine épaisse et haute, les bras gros et longs, les os durs, les poings carrés, les épaules larges, la tête grosse et le visage semé de taches de son. Il traversa la salle à grands pas, tenant par contenance un bâton à la main, et, arrivé devant le roi, il dit fièrement et si haut qu'il fut entendu de tous :

– Roi Artus, je te fais savoir, à toi et à tous ceux qui sont ici, que je suis Méléagant, fils du roi Baudemagu de Gorre. Et je viens me défendre contre Lancelot du Lac, car j'ai ouï dire qu'il se plaint que ce soit par trahison que je l'ai jadis blessé. Et s'il le prétend, qu'il s'avance, car je suis prêt à soutenir que je l'ai navré en droite joute et comme bon chevalier.

– Sire, fit le roi, vous êtes le fils de l'un des plus prud'hommes du monde, et l'on doit vous pardonner votre méprise pour l'amour de lui. Ignorez-vous que Lancelot n'est pas céans, et n'y est plus depuis longtemps ? S'il s'y trouvait, il saurait bien vous répondre !

Lionel, le cousin germain de Lancelot, se leva : il allait prier le roi de prendre son gage et relever le défi de Méléagant, lorsque la reine le tira vivement en arrière :

– Soyez sûr, lui dit-elle, que, quand Dieu aura ramené votre cousin, il ne se tiendra pour vengé que s'il ne l'est par lui-même.

Voyant Lionel se rasseoir, Méléagant sourit insolemment et, après avoir attendu un moment, il dit encore :

– Sire, j'étais venu chercher chevalerie en votre cour, mais je n'en trouve point. Toutefois, je ferai tant que j'aurai bataille, s'il est ici autant de preux qu'on dit. Il y a au royaume de mon père beaucoup de captifs de ce pays de Logres, que jamais vous n'avez pu délivrer. Si vous osez confier la reine à l'un de vos chevaliers qui la mène dans la forêt, je le combattrai. Et s'il défend la reine contre moi, les Bretons seront quittes et libres ; mais si je la conquiers, je l'emmènerai comme chose qui m'appartienne.

— Bel ami, fit le roi, que vous les ayez en prison, cela me chagrine : mais ils ne

seront jamais délivrés par la reine, que je sache !

Alors Méléagant sortit de la salle et, remonté à cheval, il s'en fut vers la forêt, au petit pas et en regardant souvent en arrière pour voir si nul ne le suivait. Mais il n'y avait personne qui ne jugeât grande folie d'exposer la reine comme il l'avait proposé.

Toutefois Keu le sénéchal était allé s'armer dans sa maison ; il revint devant le roi, le heaume en tête et l'écu au col.

— Sire, dit-il, je vous ai servi de bon cœur, et plus par amour de vous que pour terres et trésors, mais je vois bien que vous ne m'aimez plus : aussi je quitte votre compagnie et votre maison.

Le roi aimait le sénéchal de grand cœur.

— À quoi, fit-il, vous êtes-vous aperçu que je vous aime moins ? Si l'on vous a fait aucune injure, dites-le-moi et je la réparerai si hautement que vous en tirerez honneur.

— Sénéchal, dit la reine à son tour, je vous prie de demeurer pour l'amour de moi ; et s'il est chose que vous désiriez, je vous la ferai avoir, quelle qu'elle soit. Messire le roi sera garant de ma promesse.

À quoi le roi s'engagea.

— Sire, reprit le sénéchal, je vous dirai donc quel est le don que vous venez de me faire : c'est que je conduirai madame la reine au chevalier qui sort d'ici pour le combattre et délivrer nos gens, car nous serions tous honnis, s'il partait de votre hôtel sans bataille.

À ces mots, le roi fut si irrité et chagrin qu'il parut au point d'en perdre le sens. Mais la reine fut plus dolente encore. Son cœur lui disait que Lancelot n'était pas mort, et, songeant que ce n'était pas lui qui allait la défendre, mais Keu, et qu'elle était en grand péril, il s'en fallut de peu qu'elle ne s'occît. Pourtant, quand son palefroi fut prêt, le roi l'envoya chercher dans sa chambre où elle pleurait de tout son cœur. En passant, elle regarda monseigneur Gauvain :

– Beau neveu, dit-elle, vous aviez raison : depuis la mort de Galehaut, toute prouesse a disparu.

– Montez, dame, et n'ayez crainte, fit Keu ; je vous ramènerai sauve, s'il plaît à Dieu.

Or, tandis que tous deux s'éloignaient, messire Gauvain disait au roi :

– Comment, sire, vous souffrez que madame la reine soit conduite dans la forêt par Keu le sénéchal, à qui sans doute elle sera ravie ! Et donc ce chevalier l'emmènera paisiblement !

– Oui, dit le roi, car je serais honni si aucun homme de ma maison intervenait. Certes, un roi ne doit se dédire de sa parole.

– Sire, reprit messire Gauvain, vous avez fait une grande enfance.

Et il résolut qu'il irait reconquérir la reine et défier Méléagant jusque dans le royaume de Gorre. Il se fit armer et partit sur-le-champ, suivi de deux écuyers qui menaient en main deux beaux destriers.

II

Dans la forêt, Méléagant attendait avec plus de cent chevaliers. En voyant arriver Keu, il les fit cacher et vint au-devant du sénéchal :

– Chevalier, dit-il, qui êtes-vous, et cette dame, qui est-elle ?

– C'est la reine.

– Dame, dévoilez-vous afin que je vous voie.

La reine leva son voile et il connut bien que c'était elle. Alors il proposa à Keu d'aller dans une lande voisine, la plus belle du monde pour jouter, car la forêt était trop épaisse pour que deux chevaliers y pussent combattre loyalement. Et là, il saisit le palefroi de la reine par le frein.

– Dame, vous êtes prise !

– Vous ne l'aurez pas si aisément ! répliqua Keu.

Et tous deux, ayant pris du champ, fondirent l'un sur l'autre, la lance sous l'aisselle, à telle allure qu'ils bruyaient comme alérions. Or Keu avait fait folie, car il n'avait pas vérifié ses sangles, qui étaient usées auprès des boucles : elles rompirent au premier choc, et de même le poitrinal du cheval, de manière qu'il vola à terre, la selle entre les cuisses, et se meurtrit fort en tombant. Alors Méléagant le foula aux pieds de son destrier. Ainsi conquit-il la reine Guenièvre, ce glorieux, cet abat-quatre ! Et il l'emmena, en même temps que le sénéchal, tout pâmé, que deux sergents avaient couché dans une litière.

Mais le conte laisse à présent de parler de lui et revient à monseigneur Gauvain.

III

Comme il approchait de la forêt, il en vit sortir le cheval de Keu, galopant au hasard, rênes rompues, sangles brisées. Et, peu après, il aperçut un chevalier, le heaume en tête, qui poussait son destrier fourbu et qui, l'ayant salué, lui cria du plus loin qu'il put :

– Sire, baillez-moi à prêt ou à don l'un de ces chevaux que mènent vos écuyers ! Je vous promets en échange tel service que vous voudrez.

– Beau sire, choisissez celui qui vous plaira.

Sans répondre, le chevalier sauta sur le destrier le plus proche, piqua des deux et disparut dans la forêt.

À l'allure dont il allait, il ne tarda guère à joindre Méléagant et ses gens. Et sachez que ceux-ci étaient plus de cent. Sans hésiter, le chevalier broche des éperons et fond sur eux comme un émerillon. Méléagant s'adresse à sa rencontre, et tous deux s'entre-choquent si rudement que leurs yeux étincellent ; du coup Méléagant est si ébranlé qu'il lui faut embrasser le cou de son destrier pour ne pas choir. Ce que voyant, ses chevaliers se jettent sur l'étranger ; mais celui-ci commence de frapper à dextre et à senestre, si durement que tous ceux qu'il atteint, le menton leur heurte la poitrine, et si vivement que huit hommes n'auraient pu faire plus, tranchant écus et heaumes et hauberts. Alors Méléagant lui court sus en criant : « Vous êtes mort ! » Pourtant il se contente de frapper déloyalement le cheval de l'étranger, qui s'affaisse ; puis il s'éloigne avec sa troupe, comme gens qui n'ont pas de temps à perdre, emmenant la reine et Keu le sénéchal.

L'étranger les poursuivit en courant tant qu'il put et jusqu'à ce qu'enfin il se trouvât si las qu'il lui fallut prendre le pas. Après avoir longtemps marché, il aperçut une charrette qui cheminait devant lui. Il la joignit en toute hâte et vit qu'elle était conduite par un nain court, gros et renfrogné, assis sur le limon et qui tenait, comme font les charretiers, une longue verge à la main.

– Nain, lui demanda-t-il après l'avoir salué, ne saurais-tu me donner nouvelles d'une dame qui va par ici ?

– Vous parlez de la reine ? Désirez-vous beaucoup d'avoir de ses nouvelles ?

– Oui, fit l'étranger.

– Je te la montrerai demain si tu fais ce que je t'enseignerai. Monte sur cette charrette et je te mènerai où tu pourras la voir.

Or, sachez qu'en ce temps-là, c'était une si ignoble chose qu'une charrette, que nul chevalier n'y pouvait entrer sans perdre tout honneur. Et quand on voulait punir un meurtrier ou un larron, on le faisait monter en charrette comme aujourd'hui au pilori, et on le promenait par la ville. Et c'est à cette époque qu'on disait : « Quand charrette rencontreras, fais sur toi le signe de la croix afin que mal ne t'en advienne ! » C'est pourquoi l'étranger répondit au nain qu'il irait bien plus volontiers derrière la charrette que dedans.

– Me jures-tu que tu me mèneras auprès de madame la reine si j'y monte ?

– Je te jure, dit le nain, que je te la ferai voir demain matin, à prime.

Alors l'étranger sauta dans la voiture sans plus hésiter.

Et là-dessus, voici venir monseigneur Gauvain suivi de ses deux valets, dont l'un portait son écu et l'autre tenait son heaume et menait un destrier en main. Et à son tour messire Gauvain demanda au nain s'il avait nouvelles de la reine ; et le nain lui répondit que, s'il voulait monter dans la charrette, il la lui montrerait demain au matin.

– S'il plaît à Dieu, jamais je ne serai charretier, dit messire Gauvain. Sire chevalier, afin qu'une plus grande honte ne vous advienne, prenez ce cheval qui est très bon, car je gage que vous vous saurez mieux aider d'un cheval que d'une charrette.

– Il ne le fera point, dit le nain, car il s'est engagé à demeurer ici tout le jour.

Messire Gauvain n'osa pas insister, mais il fit route avec eux. Et ils allèrent ainsi jusqu'au soir, qu'ils parvinrent devant une belle et forte cité, à l'orée d'une forêt.

IV

Quand les gens de la ville virent le chevalier que le nain amenait, ils lui demandèrent en quoi il avait forfait. Mais il ne daigna répondre ; alors petits et grands, vieillards et enfants, tous le huèrent et lui jetèrent de la boue comme à un vaincu en champ clos. Et cela peinait fort monseigneur Gauvain, qui maudissait l'heure où les charrettes furent inventées.

Au château, une demoiselle lui fit grand accueil, mais elle dit au chevalier de la charrette :

– Sire, comment osez-vous regarder personne, vous qui êtes mené dans une charrette comme un criminel ? Quand un chevalier s'est ainsi déshonoré, il quitte le siècle et s'enfuit en quelque lieu où il ne soit jamais connu !

À cela encore, l'étranger ne répliqua rien ; il demanda seulement au nain quand il verrait ce qui lui avait été promis.

– Demain, à prime. Mais, pour cela, il faut nous héberger ici.

– Je le ferai donc, fit l'étranger. Mais je serais allé ce soir plus loin, si tu l'eusses voulu.

Il descendit de la charrette, gravit les degrés du logis et entra dans une chambre où il commençait de se désarmer tout seul, quand deux valets vinrent l'aider. Avisant un manteau, il s'en affubla et prit soin de se bien couvrir la tête afin de n'être pas reconnu ; puis il se laissa choir sur un lit très riche qui se trouvait là.

À peine y était-il, la demoiselle entra en compagnie de monseigneur Gauvain, et se montra fort dépitée de le voir étendu sur une aussi belle couche.

– Demoiselle, répondit paisiblement le chevalier, si elle eût été encore plus belle, je m'y fusse couché plus volontiers.

– Venez manger, beau sire, dit seulement messire Gauvain, car l'eau est cornée.

L'étranger répondit à voix basse qu'il n'avait pas faim et qu'il se sentait un peu souffrant.

– Certes, il doit être bien malade, s'écria la demoiselle, et s'il savait ce que c'est que la honte, il aimerait mieux d'être mort que vif. Il est honni et je ne mangerai pas en sa compagnie. Vous pouvez le faire, dit-elle à monseigneur Gauvain, mais vous serez honni comme lui.

Alors messire Gauvain descendit avec elle dans la salle. Mais, quand le repas fut terminé, il demanda ce que le chevalier faisait, et quand on lui eut dit qu'il n'avait rien voulu manger, il revint près de lui :

– Beau sire, que ne vous nourrissez-vous ? Vous n'êtes point de bon sens, car un prud'homme qui aspire à de beaux faits d'armes ne doit pas laisser son corps et ses membres s'appesantir. Par ce que vous aimez le plus au monde, mangez !

Il en dit tant ainsi que l'étranger consentit à se nourrir de ce qu'on lui apporta. Et ensuite il se mit au lit et s'endormit jusqu'au matin.

Quand l'aube creva et que le soleil commença d'abattre la rosée, le nain entra dans sa chambre et se mit à crier :

– Chevalier de la charrette, je suis prêt à tenir mon serment !

Aussitôt l'étranger de sauter du lit en braies et en chemise comme il était : et le nain le mène à une fenêtre en lui disant de regarder. Et il croit voir passer la reine, et Méléagant qui la mène, et Keu le sénéchal qu'on porte dans une litière. Et il regarde la reine très tendrement tant qu'il la peut voir, et se penche à la fenêtre, rêvant à ce qu'il regarde, de plus en plus, au point que son corps est dehors jusqu'aux cuisses et qu'il ne s'en faut guère qu'il ne tombe.

Heureusement, messire Gauvain entrait à ce moment, et la demoiselle avec lui. Voyant l'étranger en si grand péril, il le prit par le bras et le tira en arrière et, à son visage découvert, il le reconnut à l'instant.

– Ha ! beau doux sire, lui dit-il, pourquoi vous être ainsi caché de moi ?

– Pourquoi ? Parce que je devais avoir honte d'être reconnu. Car j'ai eu l'occasion d'acquérir tout honneur en délivrant madame, et, par ma faute, j'y ai failli.

– Certes, ce ne peut être par votre faute ! Car on sait bien qu'où vous échouez, il n'est personne qui pût réussir.

Quand la demoiselle vit que messire Gauvain honorait tant le chevalier de la charrette, elle lui demanda quel était cet inconnu. Il répondit qu'elle ne le saurait point par lui quant à présent, mais que c'était le meilleur parmi les bons. Alors elle interrogea l'étranger.

– Demoiselle, fit-il, je suis un chevalier charretté.

– C'est grand dommage. Mais, bien que je vous aie fait des reproches, je ne dois pas vous manquer à la fin. Il y a ici de beaux et bons chevaux : choisissez le meilleur que vous pourrez trouver, et la lance que vous voudrez.

– Demoiselle, grand merci, dit messire Gauvain, mais il ne recevra son destrier de nul autre que moi, tant que j'en aurai, et j'en ai deux bons et beaux, il en montera un, mais il prendra la lance que vous lui offrez, s'il ne préfère la mienne.

Sur ce, les chevaux amenés, l'étranger enfourcha l'un, messire Gauvain l'autre, et tous deux prirent congé après avoir recommandé la demoiselle à Dieu.

V

Or si vous demandez comment s'appelait le chevalier inconnu, je peux bien dire que c'était messire Lancelot du Lac. En sortant du Sorelois, il était si dolent de n'avoir pu trouver Galehaut et si chagrin de se croire oublié de la reine, bref, il mangea, dormit si peu, que sa tête se vida et qu'il devint insensé. Tout l'été et jusqu'à la Noël, il erra. Enfin, la veille de la Chandeleur, la dame du Lac le découvrit qui gisait dans un buisson au cœur de la forêt de Tintagel, en Cornouaille. Elle le tint auprès d'elle tout l'hiver et le carême ; et, en lui promettant qu'elle lui ferait avoir la plus grande des joies, elle le guérit si bien qu'il se trouva plus fort et plus beau que devant. Et elle s'était gardée de lui apprendre la mort de Galehaut.

Cinq jours avant l'Ascension, elle lui prépara un cheval et des armes.

– Bel ami, lui dit-elle, le temps approche où tu recouvreras ce que tu as perdu. Sache qu'il te convient d'être le jour de l'Ascension, à none, dans la forêt de Camaaloth. Certes, si tu ne t'y trouvais à cette heure, tu aimerais mieux ta mort que ta vie.

– Par tous les saints, dit Lancelot, j'y serai à pied ou à cheval !

Et il alla droit à la forêt, où il parvint pour voir de loin Méléagant combattre Keu et enlever la reine. Son destrier était si las qu'il ne put arriver à temps, et ce fut grâce à celui de monseigneur Gauvain qu'il attaqua les cent chevaliers pour sauver sa dame. Et à présent il lui fallait tenter de la conquérir encore. Mais le conte retourne maintenant à la demoiselle du château.

VI

Elle brûlait de connaître le nom du chevalier à la charrette : l'ayant entendu louer si hautement par monseigneur Gauvain, elle pensait qu'il pouvait être Lancelot en personne, et elle s'en fût assurée si le bruit n'eût couru que le bon chevalier était mort. Mais elle se promit qu'elle le saurait si, en mettant un homme à l'essai, on le pouvait connaître. Elle appela sa sœur cadette, qui était très sage et courtoise, et elle lui enseigna ce qu'elle devait faire. C'est pourquoi celle-ci monta à cheval et gagna par des chemins de traverse le carrefour des Ponts. Dès qu'elle vit arriver les deux compagnons, elle prit les devants sans leur parler : mais ils la joignirent, et, après l'avoir saluée, lui demandèrent si elle n'avait nouvelles de la reine Guenièvre.

– Ne savez-vous pas, dit-elle, que Méléagant, le fils du roi de Gorre, l'a emmenée au royaume de son père, d'où nul Breton ne peut sortir ?

– Et comment y aller ?

– Je vous le dirai bien, si vous voulez me promettre sur votre foi que chacun de vous m'accordera le premier don que je lui demanderai.

– En nom Dieu, demoiselle, s'écria Lancelot à qui l'affaire tenait plus au cœur qu'à nul autre, nous vous donnerons tout ce que vous voudrez !

– En ce cas, voici les deux routes, dont l'une va au pont Perdu, que l'on nomme aussi le pont Sous l'Eau, et l'autre au pont de l'Épée. Le premier est d'une seule poutre qui n'a qu'un pied et demi de large ; il coule autant d'eau dessus qu'il en coule dessous, et un chevalier le garde. L'autre est fait d'une planche d'acier, aussi tranchante qu'une épée. Seigneurs chevaliers, souvenez-vous qu'en quelque lieu et jour que ce soit, chacun de vous me doit un don.

Lancelot pria monseigneur Gauvain de choisir entre ces deux voies et celui-ci préféra la route du pont Perdu. Alors ils ôtèrent leurs heaumes et se baisèrent sur les lèvres tendrement ; puis ils se recommandèrent à Dieu, et chacun tira de son côté.

VII

Lancelot n'avait fait que peu de chemin quand il entendit qu'on le hélait, et il vit la demoiselle du carrefour qui sortait d'un sentier de traverse.

– Sire chevalier, lui dit-elle, je ne suis pas en sûreté dans ce pays, où l'on me hait fort. Je vous demande de m'accompagner et de vous héberger chez moi cette nuit.

– J'irai volontiers avec vous, mais il est trop tôt pour s'héberger.

– Le lieu n'est pas proche, et si vous passez, vous ne trouverez plus aujourd'hui ni ferme ni maison. D'ailleurs ne me protégerez-vous pas ? J'ai grand besoin de vous.

– Vous n'aurez nul mal, dit Lancelot, si je puis vous sauver.

ils chevauchèrent de compagnie jusqu'à ce qu'ils arrivassent, à la nuit tombante, devant une maison entourée d'une palissade. Avant que Lancelot eût pu lui donner la main, la demoiselle avait déjà sauté à bas de son palefroi. Elle le mena dans une très belle chambre où il faisait clair comme en plein jour à cause de la grande quantité de cierges et de torches qui brûlaient, et là elle lui ôta son heaume et son écu, et il se désarma ; enfin elle lui passa un beau manteau d'écarlate fourré d'une grosse zibeline. Il y avait sur un banc deux bassins d'eau chaude avec une blanche serviette bien ouvrée. Quand ils eurent lavé, ils s'assirent à une table couverte de viandes, de hanaps d'argent doré et de pots pleins de moré et de fort vin blanc.

Après le manger, ils allèrent prendre l'air un moment à une fenêtre donnant sur le jardin ; puis la demoiselle mena Lancelot devant un riche lit, très bien garni de draps blancs et d'une couverture tissée d'or et fourrée de vair qui eût été bonne pour un roi. Là, elle prit le chevalier par la main et, s'asseyant à côté de lui, elle lui dit :

– Bel hôte, vous me devez un don. Je vous demande de coucher cette nuit avec moi dans ce lit.

Ah ! quand il entendit cela, certes Lancelot fut anxieux ! Il ne savait plus que faire.

– Demoiselle, murmura-t-il, demandez-moi telle autre chose que vous voudrez !

Mais il lui fallut tenir son serment. Les chandelles éteintes, ils se couchèrent l'un et l'autre, mais Lancelot n'ôta point sa chemise ni ses braies, et il n'osa tourner le dos à cause de la vilenie qu'il y aurait eu à cela, ni le visage à cause du péril ; mais il s'éloigna d'elle autant qu'il put et resta étendu sur les épaules sans bouger ni mot dire : car il n'aurait su faire beau semblant à la pucelle, n'ayant qu'un cœur, et qui n'était à lui.

– Quoi ! sire chevalier, ne ferez-vous autre chose ? dit-elle. Je pense que ma compagnie ne vous réjouit guère. Suis-je donc si laide et si hideuse ?

– Vous m'êtes laide maintenant, bien que vous m'ayez semblé belle autrefois.

– Si vous avez une amie, elle n'en saura rien.

– Mais mon cœur le saura.

– Dieu m'aide ! reprit-elle, vous m'en avez assez dit. Notre Sire vous donne bon repos et la joie de ce que vous aimez !

Elle se leva et alla se coucher dans un autre lit, songeant :

– Je n'ai connu nul chevalier que je prise autant que celui-ci. Son cœur est loyal, comme il y parut au val des Faux Amants.

Car elle devinait bien qui il était, mais elle voulait s'en assurer mieux encore.

VIII

À l'aube, elle revint dans la chambre de Lancelot. Il était déjà tout armé.

– Dieu vous donne bonjour ! fit-elle.

– À vous aussi, demoiselle.

– Sire, la coutume est qu'une pucelle qui va seule ne craigne rien ; en revanche, lorsqu'un chevalier la conduit, si un autre la conquiert sur lui, il en peut user à son désir comme si elle était sienne. Or il y a près d'ici un homme qui longuement m'a aimée et requise d'amour, mais il a perdu ses peines. Pourtant, si vous voulez me protéger, je vous guiderai sans crainte.

– Demoiselle, je vous saurai bien défendre contre un chevalier, voire contre deux, dit Lancelot.

Alors elle fit seller les chevaux et ils allèrent longtemps à grande allure par chemins et sentiers, mais il ne répondait guère à ses propos ; penser lui plaisait, parler lui coûtait : amour le veut ainsi. À tierce, ils arrivèrent au bord d'une fontaine, au milieu d'un pré ; là, sur une grosse pierre, gisait un peigne d'ivoire doré, si beau que depuis le temps d'Isoré, personne, ni sage ni fou, n'en vit le pareil. Qui l'avait oublié là ? Je ne sais ; mais Lancelot s'arrêta, étonné, et sauta de son cheval pour le ramasser. Ah ! quand il le tint dans ses mains, comme il le regarda, comme il admira les cheveux plus clairs et luisants que de l'or fin qui y étaient restés ! La pucelle se mit à rire.

– Demoiselle, par ce que vous aimez le plus, dites-moi pourquoi vous riez !

– Ce peigne est celui de la reine, et les cheveux que vous voyez n'ont certes pas poussé sur un autre pré que sa tête !

– Mais il y a bien des reines et des rois : de laquelle parlez-vous ? reprend Lancelot tout tremblant.

– Par ma foi, de la femme du roi Artus !

À ces mots, Lancelot plie jusqu'à toucher terre, et il serait tombé si la demoiselle ne se fût hâtée de descendre de son palefroi pour le secourir. Quand il revint à lui et qu'il se vit soutenu par elle, il l'interrogea, tout honteux :

– Qu'y a-t-il ?

– Sire, je voulais vous demander ce peigne, dit-elle pour ne pas l'humilier.

Il le lui donne, mais après en avoir retiré les cheveux. Et il les adore ! À la dérobée, il les porte à sa bouche, à ses yeux, à son front ; il en est heureux, il en est riche, il les cache sur son cœur, entre sa chemise et son corps ; et il eût bien voulu que la demoiselle fût plus loin. Mais il lui fallut se remettre en chemin avec elle, et ils chevauchèrent jusqu'au soir, qu'ils s'hébergèrent dans une maison de religion où on leur fit très belle chère.

IX

Le matin, au sortir de la messe du Saint-Esprit, un moine s'approcha de Lancelot, qui était déjà tout armé, hors la tête et les mains.

– Sire, vous allez au pays de Gorre pour y délivrer les Bretons. Mais sachez que celui qui accomplira cette aventure doit être soumis à un essai ici même.

– Allons, dit Lancelot.

Le rendu le mena au cimetière où gisaient dans de riches tombeaux les corps de trente-quatre chevaliers qui tous avaient été prud'hommes à Dieu et au siècle. Mais l'une des tombes, la plus belle que l'on pût voir de Dombes à Pampelune, était fermée par une lame de marbre, large de trois pieds, longue de quatre, épaisse de plus d'un et scellée à plomb et à ciment.

– Celui qui lèvera cette dalle mènera à bien l'aventure que vous suivez, dit le moine.

Aussitôt Lancelot mit la main sur la pierre, et vous eussiez vu que d'un seul coup il la souleva au-dessus de sa tête. Il découvrit ainsi le corps d'un chevalier tout armé, couché sous son écu, qui était d'or à la croix vermeille ; une épée gisait à côté, claire et brillante comme si elle venait d'être fourbie ; les chausses et le haubert étaient blancs comme neige neigée, et dessus le heaume il y avait une couronne d'or. Et dans la tombe des lettres gravées disaient.

Ci-gît Galaad le fort, qui fut roi de Galles au temps que le Graal fut porté en Bretagne, et par lui cette terre eut nom Galles, car auparavant elle était appelée Hocelice.

Longtemps, Lancelot tint la pierre levée. Quand il voulut la remettre comme il l'avait trouvée, il ne le put, et jamais plus elle ne retomba : ce que chacun tint pour une merveille. Puis il alla avec le moine rendre grâce à Notre Seigneur. Mais, en sortant de l'église, il aperçut un grand feu qui flamboyait dans une caverne creusée en terre. Il demanda ce que c'était.

– Nous savons, répondit le moine, que celui qui éteindra ce feu s'assoira au siège périlleux de la Table ronde et connaîtra la vérité du Saint Graal. Mais ne vous y essayez pas, beau sire, car le même homme ne mènera pas à bien cette aventure et celle que vous venez d'achever. Celle-là n'est point vôtre.

– Toutefois, je la tenterai, dit Lancelot, quoi qu'il m'en advienne.

Et le voilà qui descend les degrés de la caverne. Au fond, il y avait une tombe autour de laquelle les flammes s'élevaient comme des lances.

Longtemps il les regarda, mais elles ne s'éteignirent pas, si bien qu'il commença de se tenir pour fol d'être venu là, et de maudire l'heure de sa naissance.

– Ha, Dieu, quel deuil et quelle honte ! s'écria-t-il.

Alors une voix sortit du tombeau.

– Qui es-tu ? demanda-t-elle, et pourquoi dis-tu : « Dieu, quel deuil et quelle honte ? »

– Parce que, répondit Lancelot, ce feu ne s'est pas éteint quand je suis entré : c'est donc que je ne suis pas le meilleur chevalier du monde ; et je ne suis même pas un bon chevalier, puisqu'un bon chevalier n'a pas peur.

– Tu n'es pas le meilleur chevalier du monde, mais tu dis mal quand tu dis : « Dieu, quelle honte ! », car celui qui sera le meilleur chevalier du monde aura une si haute tâche que nul autre ne la pourrait accomplir. Sitôt qu'il entrera ici, parce qu'il sera vierge et chaste, et que jamais n'aura brûlé en lui le feu de luxure, ces flammes auprès desquelles toutes les autres ne sont rien s'éteindront. Toi, pourtant, je ne te déprise pas, car tu es si hautement doué de prouesse et de chevalerie terrienne que nul à cette heure ne te pourrait surpasser. Je te connais bien : nous sommes du même lignage. Et sache que celui qui me délivrera sera de mes cousins, et qu'il tiendra à toi d'on ne peut plus près, et qu'il sera la fleur de tous les vrais chevaliers. Tu eusses mené à bien les aventures qu'il achèvera ; mais tu en as perdu l'honneur par l'ardeur de ta luxure et la faiblesse de tes reins, qui empêchent que tu sois digne de connaître la vérité du Saint Graal. Et tu n'as pas eu nom Lancelot à ton baptême, mais Galaad ; ainsi te fit appeler ton père. Va-t'en, beau cousin, car cette aventure n'est pas tienne.

Lancelot demanda à celui qui parlait quel était son nom, et pourquoi il était enfermé là, et s'il était mort ou vif.

– Je fus le neveu de Joseph d'Arimathie qui descendit Jésus-Christ de la croix et apporta le Saint Graal en cette terre, mais pour un crime que je fis, j'endure cette angoisse. J'ai nom Siméon. Et, sans les prières de Joseph, j'eusse été damné ; mais, grâce à lui, Dieu m'a octroyé le salut de mon âme au prix de la douleur de mon corps : car je souffrirai dans cette tombe jusqu'à la venue du chevalier vierge. Or va-t'en, beau cousin.

Lancelot remonta les degrés et trouva les moines qui l'attendaient en grande peur. Et pendant qu'il leur contait ce qui lui était advenu dans la caverne, une grande compagnie de rendus, escortant une litière, entra dans l'abbaye ; ils dirent que, neuf nuits auparavant, un homme de Galles avait eu une vision et qu'il avait annoncé que le corps de Galaad le Fort serait délivré le surlendemain de l'Ascension. Lancelot mit le roi mort dans leur litière.

Et quand il l'eut fait, la demoiselle vint à lui.

– Beau sire, donnez-moi congé, car maintenant je connais votre nom : j'ai entendu la voix vous appeler.

– Par la chose au monde que vous aimez le mieux, je vous prie de ne la dire à personne avant que vous sachiez comment j'aurai achevé cette quête : jusqu'ici j'y ai eu trop de honte et de mécomptes !

– Sire, je ne le prononcerai qu'en un lieu où l'on a autant de souci de votre honneur que vous en avez vous-même.

Elle lui apprit qui elle était et comment elle l'avait suivi à la prière de sa sœur ; et Lancelot reprit sa route, guidé par un valet. Tous deux gagnèrent la chaussée de Gahion. C'était la maîtresse cité du royaume de Gorre, et là se trouvait la tour où la reine Guenièvre était enfermée ; mais, pour y entrer, il fallait passer le pont de l'Épée.

X

Quand il aperçut le pont tranchant, le valet se mit à pleurer de pitié. Lancelot regarda l'épée fourbie, blanche et coupante comme un rasoir sur laquelle il fallait passer ; puis l'eau en amont et en aval, qui était roide, froide et noire. Mais ensuite, levant la tête, il considéra quelque temps la tour où était la reine, et dit :

– N'ayez point souci de moi, bel ami, car je ne redoute guère ce passage ; il n'est pas si périlleux que je pensais. Et voilà une belle tour en face. Si l'on veut m'y héberger, on m'y aura pour hôte cette nuit.

Il fit enduire de bonne poix chaude ses gants, ses chausses de fer et les pans de son haubert, afin d'avoir meilleure prise sur l'acier. Puis il vint droit au pont, regarda encore la tour où la reine était en prison, la salua de la tête, plaça son écu derrière son dos pour n'en être pas empêché et, s'étant signé au nom du Père et du Fils et du Saint-Esprit, il se mit à cheval sur le pont acéré et commença de ramper au-dessus du tranchant de l'épée à la force des bras et des genoux ; et vous auriez vu le sang jaillir de ses mains, de ses pieds et de ses jambes ; mais il avançait, les yeux fixés sur la tour, sans regarder la lame coupante ni l'eau bruissante et félonne, songeant qu'à celui qu'amour mène, souffrir lui est doux. Enfin il parvint à l'autre bord et s'y assit pour se reposer un moment, après avoir tiré son épée et ramené son écu devant lui.

Tous les habitants de la tour s'étaient mis aux fenêtres pour voir le champion qui traversait le pont périlleux, et comme eux la reine Guenièvre et le roi Baudemagu. Dans le moment que le chevalier parvint à la rive, elle songea que ce ne pouvait être que Lancelot et aussitôt, elle qui avait été jusque-là très dolente, elle se mit à rire, à plaisanter, à faire beau visage, si bien que le roi Baudemagu en fut surpris.

– Dame, lui dit-il, si vous permettiez, je vous poserais une question qui ne saurait vous désobliger. Savez-vous quel est ce chevalier, là-bas ? Est-ce Lancelot ? Le croyez-vous ?

– Sire, il y a plus d'un an que je n'ai point vu Lancelot, et beaucoup de gens pensent qu'il est mort. À cause de cela, je ne suis pas certaine que ce soit lui, mais je pense que c'est lui plutôt qu'un autre, et je le voudrais, car je me fierais à son bras plus volontiers qu'à celui de personne : vous savez qu'il est bon chevalier ! Et quel que soit celui-là, pour Dieu et pour votre honneur, protégez-le comme c'est votre devoir.

– Dame, je le ferai, dit le roi.

XI

Il enfourcha un palefroi et se rendit auprès du chevalier, escorté de trois sergents qui menaient un cheval en main. Lancelot étanchait le sang de ses plaies ; il reconnut le roi et se leva devant lui malgré ses blessures.

– Sire chevalier, montez sur ce destrier et soyez le bienvenu, dit le roi Baudemagu ; il est temps de vous reposer aujourd'hui. Jamais nul ne fut plus hardi que vous.

– Sire, répondit Lancelot, je suis ici pour suivre mon aventure et non pour me reposer à pareille heure. On m'a dit qu'il me faudrait combattre : si le champion est ici, qu'il vienne.

– Ami, je vois votre sang couler : avez-vous tant de hâte de batailler quand vous êtes blessé ? Attendez que vos plaies soient guéries ! Je vous donnerai de l'onguent des Trois Maries, ou d'un meilleur, s'il en est. Il n'y a chevalier au monde pour qui je fisse volontiers plus que pour vous.

– Sire, je ne sais pourquoi vous feriez tant pour moi, car je ne suis pas de vos proches, ni jamais ne vous rencontrai, à ce que je crois. Qui que je sois, faites-moi donc avoir bataille, car je ne suis point venu ici, de si loin, pour trouver pitié.

Le roi entendit bien que le chevalier craignait d'être reconnu.

– J'ignore qui vous êtes, dit-il, et dans ma maison on ne vous le demandera point. Je vous prends sous ma sauvegarde désormais, et je vous serai garant contre tous, hormis celui que vous devez combattre. Montez sur ce cheval ; s'il n'est assez bon, je vous en donnerai un meilleur. Et si j'ai dit que je vous aime, c'est pour la grande prouesse que vous faites paraître.

Ainsi parlait-il, si courtoisement que Lancelot consentit à se laisser emmener. Le roi le fit conduire à la chambre la plus retirée de la tour, où il ne lui envoya d'autres serviteurs qu'un écuyer et garda d'entrer lui-même afin de ne pas le désobliger.

Cependant, il fut trouver Méléagant :

– Beau fils, si tu m'en croyais, tu ferais une chose qui te vaudrait louange éternelle.

– Et quoi donc ?

– Tu rendrais au chevalier qui vient de passer le pont la reine Guenièvre que tu fais mal de retenir, et je délivrerais les autres captifs, car leur prison a assez duré. Et tout le monde dirait que tu as rendu par franchise ce que tu as conquis par prouesse ; cela te serait à grand honneur.

– Je ne vois pas là d'honneur, mais fine couardise seulement ! dit Méléagant. Il faut que le cœur vous manque pour que vous me donniez un tel conseil. Soit-il Lancelot lui-même, celui-là ne me fait pas peur ! Et vous pouvez l'héberger à votre guise : j'aurai d'autant plus d'honneur à défendre mon droit, que vous l'aiderez davantage contre moi.

– Qui t'a dit que c'est Lancelot ? Par ma foi, je n'en sais rien, car je ne l'ai encore vu que tout armé et couvert de son heaume. Si c'était lui, tu aurais tort de vouloir l'affronter : cela ne te vaudrait rien.

– Jamais je n'ai trouvé personne qui m'estimât moins que vous ! s'écria Méléagant. Mais plus vous me déprisez, plus je me prise. Et vous aurez demain assez de joie ou de deuil, car, moi ou lui, l'un de nous quittera ce monde.

– Puisqu'il en est ainsi, je n'en dirai pas plus, mais si je pouvais te détourner de cette bataille sans forfaire, certes je ne te pendrais point l'écu au col. En tout cas, ce chevalier n'aura à se défendre contre nul autre que toi, car jamais je ne fus traître et je ne le serai jamais.

XII

Le lendemain, au lever du jour, il y avait si grande presse pour voir le combat qu'on n'y eût pu tourner son pied.

Lancelot fut entendre la messe tout armé, hors la tête et les mains. Puis il laça son bon heaume de Poitiers et vint réclamer au roi sa bataille.

– Sire chevalier, vous l'aurez, dit celui-ci, et je vous promets que nul ne vous forcera de vous faire connaître. Pourtant je vous prie, par tout ce que vous aimez, d'ôter votre heaume.

Lancelot se découvrit et, sitôt que le roi le vit, il le reconnut à grande joie. Il l'embrassa et lui souhaita la bienvenue, heureux de s'assurer qu'il n'était pas mort, comme le bruit en avait couru ; mais il ne lui souffla mot de la fin de Galehaut pour ne point le peiner.

Il le conduisit sur la place devant le château, qui était grande et large, et là il exhorta encore son fils à céder la reine Guenièvre et les prisonniers ;

mais Méléagant ne voulut rien entendre. Alors le roi recommanda aux deux champions de ne pas attaquer avant le signal ; puis il monta dans la tour, où il trouva la reine entourée d'une grande compagnie de chevaliers âgés et de dames. Et après avoir pris place à une fenêtre de la salle, la reine à sa droite, il ordonna de crier le ban et de sonner le cor.

Sur-le-champ, les deux adversaires baissent leurs lances peintes, s'élancent l'un contre l'autre de toute la vitesse de leurs chevaux bien couverts de fer, et se heurtent avec le fracas du tonnerre. À cette heure, dans tout le pays de Gorre, les prisonniers et les captifs priaient de tout leur cœur pour le chevalier qui combattait afin de les délivrer. Et sachez que Méléagant toucha l'écu de Lancelot d'une si grande force qu'il en disjoignit les ais ; mais sa lance s'arrêta sur le haubert et vola en pièces comme une branche morte. Au contraire le coup de Lancelot fit basculer le bouclier de telle façon que Méléagant se sentit rudement frappé à la tempe par son propre écu, en même temps que le fer ennemi perçait les mailles de son haubert et glissait le long de sa poitrine. Il fut porté à terre, où ses armes sonnèrent.

Mais aussitôt il se remit debout, tandis que Lancelot descendait de son destrier comme celui qui jamais n'attaquerait à cheval un homme à pied, et lui courait sus, l'épée tirée, disant :

– Méléagant, Méléagant, maintenant je vous ai rendu la blessure que vous me fîtes naguère, et ce n'est pas en trahison !

À ces mots, ils se jettent l'un sur l'autre comme deux sangliers. L'un est vite, et l'autre plus vite encore : ils se frappent de tant de coups pressés et pesants, qu'ils dépècent leurs écus, que des étincelles jaillissent de leurs heaumes jusques aux nues, que les mailles de leurs hauberts tombent et qu'à chaque coup saute le sang vermeil. Que de rudes, fiers, longs coups d'épée ! Chacun eût voulu arracher à l'autre le cœur sous la mamelle. Bientôt le sang de Méléagant rougit son haubert blanc, mais Lancelot souffre de ses mains blessées. À la fenêtre, la reine s'aperçoit qu'il faiblit.

– Lancelot, Lancelot, est-ce bien toi ? murmure-t-elle.

Une pucelle, qui était auprès d'elle, entendit cela : elle se pencha et cria si haut que tout le peuple l'ouït :

– Lancelot, retourne-toi, regarde qui s'émeut ici pour toi !

À cause de la chaleur et de son grand émoi, la reine venait d'écarter son voile et Lancelot, levant les yeux, aperçut tout à coup ce qu'il désirait le plus voir au monde. Il en fut tellement troublé qu'il s'en fallut de peu que son épée ne chût ! Et maintenant il ne fait plus que contempler la reine ! Il se laisse tourner et frapper par derrière ; il se garde si mal que Méléagant le blesse en maint endroit !

Mais derechef la pucelle lui cria :

– Lancelot, qu'est devenue ta grande prouesse ? Défends-toi ! que cette tour voie ce que tu sais faire !

Lancelot entendit cela et il se ressaisit. À nouveau vous eussiez pu le voir courir sus à Méléagant : il le frappe de si grande force que l'autre chancelle deux fois, et bientôt il le harasse, et le chasse çà et là comme un aveugle ou un échassier. Alors le roi eut grand'pitié de son fils.

– Dame, dit-il à la reine, je vous ai honorée de mon mieux et je n'ai pas souffert qu'on vous manquât en rien. En retour, accordez-moi un don. Je vois bien que mon fils n'en peut mais. Dame, votre merci ! Faites qu'il ne soit occis par Lancelot.

– Beau sire, allez et séparez-les, je le veux bien.

Le roi descendit et répéta les paroles de la reine. Aussitôt Lancelot de remettre son épée au fourreau : tel est celui qui aime, qu'il fait volontiers ce qui doit plaire à son amie. Mais Méléagant le frappa de toute sa force, car son cœur était de bois, sans douceur ni pitié.

– Comment ! dit le roi, il arrête, et tu le frappes !

Et il fit saisir son fils par ses barons. Mais Méléagant criait qu'il avait le dessus et qu'on lui arrachait la victoire, et que Lancelot s'avouerait vaincu en quittant le champ.

– À l'heure que tu voudras appeler Lancelot à la cour du roi Artus, il combattra de nouveau contre toi, dit le roi, et, si tu es vainqueur, la reine te suivra.

Cela fut juré sur les saints.

XIII

Quand Lancelot fut désarmé et qu'il eut lavé son visage et son cou, le roi Baudemagu le prit par le doigt et, suivi de tous les barons, il le mena dans les chambres de la reine. Et, du plus loin qu'il aperçut sa dame, Lancelot se mit à genoux.

– Dame, dit le roi, voici le chevalier qui vous a si chèrement achetée.

– Certes, sire, répondit-elle, s'il a fait quelque chose pour moi, il a perdu sa peine.

– Dame, murmura Lancelot, en quoi vous ai-je forfait ?

Mais, sans daigner répondre, elle se leva et passa dans une autre chambre, si bien que le roi Baudemagu ne put se tenir de lui dire :

– Dame, dame, le dernier service qu'il vous a rendu devrait vous faire oublier ses torts, s'il en a.

Lancelot accompagna sa dame de ses yeux et de son cœur, mais seul, hélas ! le cœur put franchir la porte. Pour le réconforter, le roi le mena dans la chambre où gisait Keu, toujours blessé ; puis il s'éloigna pour les laisser causer en liberté.

– Bienvenu soit le sire des chevaliers, s'écria le sénéchal, qui a achevé ce que j'avais follement entrepris !

Lancelot lui raconta comment la reine l'avait maltraité en présence du roi et de tous les barons.

– Tels sont guerredons de femme, dit Keu. Et pourtant quelles larmes elle a versées quand Méléagant l'a emmenée ! Dès la première nuit, il voulait coucher auprès d'elle, mais elle lui dit qu'elle n'y consentirait jamais tant qu'il ne l'aurait pas épousée. Et quand le roi vint à notre rencontre, elle se jeta aux pieds de son palefroi en pleurant et criant ; mais il la releva et lui promit bonne et douce prison, et jamais, depuis lors, il n'a permis que son fils eût madame sous sa garde. Méléagant la réclamait toutefois à cor et à cris, si bien que je n'ai pu m'empêcher de lui dire, un jour, que ce serait trop grand dommage, si elle passait du plus prud'homme du monde à un mauvais garçon. Pour se venger, il a fait mettre traîtreusement sur mes plaies, au lieu des emplâtres propres à les guérir, des onguents qui les ont envenimées.

Quand ils eurent assez causé, Lancelot déclara qu'il était résolu de partir le lendemain en quête de monseigneur Gauvain. Dès l'aube, il se mit en route ; mais, comme il approchait du pont Sous l'Eau, les gens du pays s'emparèrent de lui par surprise, croyant bien faire. Et tandis qu'ils le ramenaient à la cour, les pieds liés sous le ventre de son cheval, la nouvelle y arriva qu'il avait été tué. Lorsqu'elle apprit cela, la reine tomba pâmée : « C'est moi qui lui ai donné le coup mortel, pensait-elle : lorsque j'ai refusé de lui parler, ne lui ai-je pas ôté le cœur et la vie ensemble ? Ha ! que ne l'ai-je tenu dans mes bras encore une fois ! » Elle se mit au lit, et le conte dit qu'elle demeura trois jours et trois nuits sans boire ni manger : le bruit courut qu'elle était morte.

La nouvelle en vint à Lancelot, de sorte qu'il prit sa propre vie en dépit : peu s'en fallut qu'il ne s'occît. Heureusement le roi s'était hâté de chevaucher à sa rencontre pour le faire délivrer : il lui conta la grande douleur que la reine avait soufferte lorsqu'elle l'avait cru tué ; en apprenant cela Lancelot eût volé, tant le bonheur le faisait léger. Et, lorsqu'elle sut qu'il était sain et sauf, la reine à son tour fut heureuse au point qu'elle se trouva guérie sur-le-champ.

Dès qu'il fut arrivé au château, le roi Baudemagu conduisit Lancelot dans sa chambre et, cette fois, elle n'eut garde de lui refuser ses yeux ! Le roi s'assit avec eux un moment, puis, comme il était sage, il annonça bientôt qu'il allait voir comment se portait Keu le sénéchal.

Alors ils causèrent bien tendrement ; amour ne les laissa point manquer de sujets. Et quand Lancelot vit qu'il ne disait rien qui ne plût :

– Dame, murmura-t-il, pourquoi l'autre jour refusâtes-vous de me parler ?

– N'êtes-vous point parti de la grande cour de Logres sans mon congé quand vous vous mîtes en quête de mon neveu Gauvain enlevé par Karadoc de la Tour Douloureuse ? Mais il y a pis : montrez-moi votre anneau.

– Dame, dit-il, le voici.

– Vous en avez menti, ce n'est pas le mien !

Et elle lui fit voir celui qu'elle avait au doigt ; puis elle lui conta comment la laide demoiselle le lui avait rapporté, et il connut que Morgane la déloyale l'avait déçu. Aussitôt il jeta la bague par la fenêtre le plus loin qu'il put, et à son tour il narra l'aventure de son rêve et de sa rançon, de façon que la reine lui pardonna tout.

— Ah ! dame, dit-il, si c'était possible, ne voudriez-vous pas que je vinsse vous parler cette nuit ? Il y a si longtemps que cela ne m'est arrivé !

Elle lui montra la fenêtre, mais de l'œil, non pas du doigt.

— Beau doux ami, venez là quand tout sera endormi. Jusqu'à demain, si cela vous plaît, j'y serai pour l'amour de vous. Gardez que nul ne vous voie !

XIV

Ce soir-là, Lancelot se mit au lit plus tôt que de coutume, disant qu'il était souffrant, et les heures lui parurent longues comme des années ; vous tous, qui en avez fait autant, vous pouvez bien comprendre cela ! Enfin, quand il vit que dans la maison il n'y avait plus une chandelle, une lampe ni une lanterne qui ne fût éteinte, il se leva et franchit le mur du verger qui était vieil et décrépit. Au ciel, ni lune ni étoile : il ne s'en chagrina point.

La reine l'attendait à la fenêtre ; elle n'avait point de cotte ni de bliaut, mais seulement un manteau d'écarlate sur sa blanche chemise. Et tous deux, allongeant le bras de leur mieux, se prirent par la main.

— Dame, si je pouvais entrer !

— Entrer, beau doux ami ? Mais ne savez-vous pas que le sénéchal couche ici même ? Et ne voyez-vous pas que ces barreaux sont roides et forts ? Jamais vous ne pourriez les écarter.

– Dame, rien, hors vous, ne me saurait retenir.

Et déjà Lancelot, que jamais nul fer n'arrêta, tirait sur les barreaux tranchants si rudement qu'il les déchaussa ; pourtant, ce ne fut pas sans se blesser aux doigts.

– Eh bien, dit la reine, attendez que je sois couchée et ne faites aucun bruit à cause de Keu.

Il n'y avait ni chandelle ni cierge, pour ce que le sénéchal se plaignait de la clarté, disant qu'elle l'empêchait de dormir. Lancelot traversa la chambre tout doucement, entra dans la pièce voisine et, quand il fut devant le lit de la reine, il la salua profondément. Elle lui rendit son salut, puis elle lui tendit les bras et l'attira auprès d'elle. Il avait les mains humides de sang et certes elle le sentit bien, mais elle crut que c'était la sueur causée par la verdeur de son âge. Et grande fut la joie qu'ils s'entrefirent, car ils avaient beaucoup souffert l'un par l'autre ; quand ils s'embrassèrent, il leur en vint un tel plaisir que jamais le pareil ne fut éprouvé par personne. Mais on ne saurait dire en un conte quels déduits Lancelot eut toute cette nuit ! Aussi, lorsque le jour parut et qu'il lui fallut quitter celle qu'il aimait autant qu'un cœur mortel peut aimer, ce fut un grand martyre pour lui : son corps partait, son âme demeura. Il s'agenouilla devant sa dame pour prendre congé, tandis qu'elle le recommandait à Dieu tendrement. Puis il s'en fut, après avoir remis soigneusement les barreaux en place ; et la reine s'endormit en pensant à lui.

XV

Au matin, elle sommeillait encore dans sa chambre encourtinée, lorsque Méléagant vint lui rendre visite, comme il avait coutume. D'abord qu'il entra, il aperçut les traces de sang frais sur les draps. Il alla au lit de Keu dans la pièce voisine et le vit pareillement taché : car les blessures du sénéchal s'étaient rouvertes durant la nuit.

– Dame, voici du nouveau ! s'écria-t-il. Mon père vous a très bien gardée de moi, mais très mal de Keu le sénéchal. Et c'est grande déloyauté à vous que d'avoir honni l'un des plus prud'hommes du monde pour en choisir le plus mauvais !

À ces mots, Keu, pour souffrant qu'il fut, ne put se tenir de crier qu'il était prêt à se défendre d'une telle injure ou par épreuves ou par bataille. Mais Méléagant, sans lui répondre, envoya quérir son père. Et lorsque le roi Baudemagu eut vu les draps sanglants :

– Dame, dit-il, vous avez mal agi !

– Sire, répondit la reine, je ne mets pas mon corps au marché ! Bien souvent, la nuit, le nez me saigne. Que Dieu ne me pardonne jamais, si c'est Keu qui porta ce sang dans mon lit ! Voyez, fit-elle à Lancelot qui était venu avec le roi, pour quelle femme on me tient et de quoi l'on m'accuse !

– Dame, dit celui-ci, il n'y a au monde chevalier contre qui je ne vous en défende.

– Si vous l'osez nier, je suis tout prêt à le prouver contre vous ! s'écria Méléagant.

– Comment ? Êtes-vous donc déjà guéri des plaies que je vous fis hier ?

– Je n'ai plaie, dit Méléagant, qui puisse m'empêcher de soutenir le droit.

– Dieu m'aide ! dit Lancelot, puisqu'il vous en faut encore, allez vous faire armer !

Bientôt les deux chevaliers se trouvèrent sur la place, et le roi avec eux.

– Sire, dit Lancelot, une bataille pour une si haute chose ne saurait être faite sans serment.

Le roi fit apporter les meilleures reliques qu'on put trouver, et tous deux se mirent à genoux.

– Par Dieu et par tous les saints, dit Méléagant, c'est le sang de Keu le sénéchal que je vis au lit de la reine !

– Par Dieu et par tous les saints, dit Lancelot, vous en êtes parjure !

Alors ils enfourchèrent leurs destriers et laissèrent courre : leurs lances se brisèrent, et ils se heurtèrent de leurs chevaux, de leurs écus, de leurs corps, si rudement qu'ils touchèrent de l'échine l'arçon d'arrière ; mais Méléagant vola par-dessus la croupe de son destrier. Aussitôt Lancelot saute à terre, dégaine, jette l'écu sur sa tête et court à celui qu'il hait à mort. Méléagant se défend en bon chevalier, car il était preux, s'il était traître et félon ; mais sa blessure s'était remise à saigner et Lancelot le pressait plus vivement qu'il n'avait fait la première fois.

Quand le roi vit qu'à nouveau la bataille tournait mal pour son fils, il ne put le souffrir : il fut encore implorer la reine au nom de Dieu et des services qu'il lui avait rendus.

– Sire, dit-elle, allez les départir.

Et le roi s'empressa de mander à Lancelot que la reine voulait qu'il laissât maintenant la bataille.

– Dame, le voulez-vous ? cria Lancelot.

– Oui, fit-elle.

– Et vous ? demanda Lancelot à Méléagant.

– Oui, car je vous retrouverai quand il me plaira.

Lancelot mit à regret son épée au fourreau, disant à son adversaire qu'il sût bien que c'était par force. Puis il passa la journée avec sa dame, et le lendemain il repartit, comme il devait, vers le pont Sous l'Eau, en quête de monseigneur Gauvain, accompagné de quarante chevaliers.

XVI

Or, quelques jours plus tard, messire Gauvain lui-même arrivait à la cour du roi Baudemagu, ramenant les gens de Lancelot. Quand la reine vit son neveu, sa joie fut bien grande, mais plus grand encore son deuil quand elle apprit que son ami était perdu. Gauvain conta comment il avait franchi le pont Sous l'Eau en grand péril de se noyer vilainement, et comment, pour ce que le cœur lui tournait de l'eau qu'il avait bue, il avait défait à grand'peine le chevalier qui gardait le passage ; puis comment il avait rencontré les compagnons de Lancelot, qui les avait quittés la veille, conduit par un nain, en leur commandant de l'attendre ; et comment il l'avait cherché vainement avec eux. La reine s'efforçait de faire bon visage, mais le plus fol eût pu voir qu'à peine avait-elle le cœur de l'écouter. Quant au roi, qui était, très preux, il promit de se mettre lui-même en quête de Lancelot, et dès le lendemain. Messire Gauvain et Keu le sénéchal dirent qu'ils l'accompagneraient.

Mais, après le manger, un valet entra dans la salle et il remit une lettre à la reine, qui pria le roi de la faire lire par un de ses clercs. Et la lettre était du roi Artus, qui la saluait et lui mandait qu'elle revînt avec monseigneur Gauvain et toute sa compagnie, et qu'elle n'attendît pas Lancelot, car il était arrivé sain et sauf à Camaaloth. Grande fut la joie de tout le monde en entendant ces nouvelles, et le visage de la reine, de très pâle qu'il était, devint couleur de rose. Dès l'aube, elle se mit en route avec ceux du royaume de Logres que Lancelot avait délivrés en même temps qu'elle. Le roi Baudemagu les escorta jusqu'aux limites de sa terre ; et là, il les recommanda à Dieu, tandis que messire Gauvain et Keu le sénéchal lui promettaient de le servir comme leur seigneur, et que la reine lui jetait ses deux bras au cou.

Lorsque le roi Artus apprit qu'elle approchait de Camaaloth, il vint au-devant d'elle avec toute sa maison. Et d'abord il lui donna un baiser, puis courut à monseigneur Gauvain et à Keu le sénéchal et demanda des nouvelles de Lancelot.

– Sire, vous en avez de meilleures que nous.

– Par ma foi, je ne l'ai pas vu depuis le jour qu'il occit Karadoc le Grand, seigneur de la Tour Douloureuse !

La reine comprit qu'elle avait été trompée par de fausses lettres : elle frémit de tout son corps, son cœur devint lourd comme une pierre, et elle se pâma entre les bras de monseigneur Gauvain qui se hâta de la soutenir. Puis elle se mit à pleurer sans prendre souci de cacher sa peine, disant qu'elle ne connaîtrait plus jamais la joie, puisque le meilleur chevalier du monde était mort à son service. Le roi Artus résolut de demeurer quelque temps à Camaaloth, parce que cette cité était proche du royaume de Gorre où Lancelot était resté, selon toute apparence. La reine aimait cette ville où jadis son ami avait été armé chevalier.

XVII

De la Pentecôte jusqu'à la mi-août, elle pleura jour et nuit, jusqu'à en perdre sa beauté, et sans cesse elle implorait le secours de la Dame du Lac. Enfin, le jour de l'Assomption, il fallut bien que le roi tînt sa cour et portât couronne, comme il avait accoutumé aux grandes fêtes.

Ce jour-là, comme le soleil venait de se lever beau, clair, luisant, et que le monde entier en était déjà éclairé, le roi Artus se mit à la fenêtre pour écouter le chant des oiseaux qui avaient déjà commencé la matinée. Or, en regardant la campagne, il vit venir une charrette attelée d'un cheval dont on avait coupé la queue et les oreilles, conduite par un nain à grande barbe et à grosse tête, et où était un chevalier en chemise sale et déchirée, qui avait les mains liées derrière le dos et les pieds enchaînés aux brancards ; son écu sans armoiries était suspendu sur le devant, son haubert et son heaume derrière ; et son cheval blanc comme la neige, tout bridé et sellé, était attaché à la voiture. La charrette entra dans la cour et le chevalier s'écria :

– Ha, Dieu ! qui me délivrera ?

Par deux fois, le roi Artus demanda au nain quel forfait ce chevalier avait commis ; par deux fois, le nain lui répondit :

– Le même que les autres.

Alors le roi demanda au chevalier charretté comment il pourrait être délivré.

– Par celui qui montera où je suis.

– Vous ne trouverez pas cela aujourd'hui, beau sire !

– Tant mieux ! fit le nain.

Et la charrette continua son chemin par les rues de la ville, où chacun hua le chevalier à qui mieux mieux et lui jeta de vieilles savates et de la boue.

Cependant, le roi s'était mis à son haut manger. Messire Gauvain descendit des chambres de la reine : on lui apprit ce qui venait de se passer, et cela lui rappela l'aventure de Lancelot : « Maudits soient les charrettes et celui qui les inventa ! » s'écria-t-il. Comme il prononçait ces mots, la voiture entra dans la cour, et le charretté en descendit et vint demander place à table ; mais nul ne voulut de lui pour voisin : on lui dit qu'il ne lui convenait pas de s'asseoir avec des chevaliers, ni même avec des écuyers, et il lui fallut s'accroupir sur le seuil de la porte pour manger. Toutefois, messire Gauvain vint à lui et déclara qu'il lui ferait compagnie, puisque, tout charretté qu'il fût, il n'en était pas moins chevalier. Ce que voyant, le roi manda à son neveu qu'il se honnissait, d'agir ainsi, et qu'il déméritait de son siège à la Table ronde.

– Si l'on est honni pour être allé en charrette, c'est donc que Lancelot l'est, fit simplement répondre monseigneur Gauvain.

Et le roi fut très étonné.

Quand il eut mangé, le chevalier remercia monseigneur Gauvain et sortit sans que personne prît garde à lui. Il alla s'armer dans un petit bois voisin où un écuyer l'attendait ; après quoi il fut s'emparer dans l'étable du roi d'un très bon cheval, tout sellé, et, ainsi monté, il revint dans la cour, devant la porte de la salle, qui était ouverte, et cria :

– Roi Artus, si quelqu'un trouve mauvais que messire Gauvain ait mangé avec moi, qu'il se présente : je l'attends. Et sachez que vous êtes le plus failli roi et le plus recréant qu'on ait jamais vu. J'emmène ce cheval ; je vous en prendrai d'autres, et nul de vos chevaliers ne sera capable de les regagner.

Puis s'adressant à monseigneur Gauvain :

– Sire, grand merci d'avoir daigné manger avec moi.

– Allez à Dieu, répliqua celui-ci ; de moi vous n'avez à vous garder.

D'abord, le roi était demeuré tout ébahi ; puis il entra dans une telle colère qu'il en pensa perdre le sens, criant qu'il n'avait jamais connu une pareille honte que de voir un larron lui enlever un de ses chevaux sous ses yeux. Déjà Sagremor le desréé avait couru s'armer en son logis et galopait à la poursuite du chevalier, bientôt suivi par Lucan le bouteillier, puis par Bédoyer le connétable, par Giflet fils de Do et par Keu le sénéchal.

Les compagnons filèrent à toute allure le long de la rivière, derrière celui qu'ils pourchassaient. Au gué de la forêt, une dizaine de fer-vêtus semblaient attendre l'étranger. Il s'arrêta devant le gué, et, voyant arriver Sagremor, il le chargea si rudement qu'au premier choc, il lui fit vider les arçons. Alors il prit le destrier par la bride et le mena de l'autre côté de l'eau où il le remit à ses gens.

– Sire, cria-t-il à Sagremor, dites au roi que j'ai maintenant un destrier de plus.

– Comment ? Vous ne voulez pas continuer ?

– Nenni. Et si j'en faisais davantage, je ne pense pas que vous y gagneriez rien, car je suis à cheval et vous à pied.

Sagremor s'en retourna, tout honteux, et Lucan le bouteillier s'élança ; mais il fut abattu de même, et l'étranger s'empara de son destrier en le priant de dire au roi qu'il avait, grâce à lui, un nouveau cheval. Et sachez qu'il en fut pareillement de Bédoyer le connétable, de Giflet fils de Do et de Keu le sénéchal, sauf que celui-ci culbuta au beau milieu du gué, où il but un bon coup d'eau. Tous revinrent à pied vers le roi, qui, humilié, s'en prit du tout à son neveu. Mais messire Gauvain se contenta de lui répondre :

– Bel oncle, il n'y en a ainsi que plus de honnis.

Là-dessus, le nain reparut avec sa charrette ; mais elle portait cette fois une demoiselle voilée qui parla comme il suit :

– Roi Artus, on m'avait dit que tous les déconseillés trouvaient ici bonne aide ; mais il paraît que ce n'était pas vrai : un chevalier s'en est retourné sans que personne des tiens eût consenti à monter en charrette pour lui. Vous en avez plus de honte que d'honneur, puisqu'il emmène six chevaux malgré vous. Pour moi, je ne sais s'il se verra quelqu'un qui me délivre en prenant ma place…

– En nom Dieu, s'écria messire Gauvain, je le ferai par amour du bon chevalier qui, un jour, fut promené en pareil équipage !

Et il sauta dans la voiture, tandis que la demoiselle montait sur un beau palefroi amblant, blanc comme la fleur au printemps, qu'un écuyer lui amenait.

– Toi et les tiens, continua-t-elle en s'adressant au roi, vous n'auriez pas dû manquer au chevalier charretté, car il n'était là que pour l'amour de Lancelot, qui un jour s'y laissa voir aussi afin de reconquérir la reine Guenièvre. Et maintenant, sais-tu quel il est, celui qui a abattu tes compagnons ? Un jouvenceau, chevalier depuis Pâques tout au plus. Il a nom Bohor l'exilé, et il est cousin de Lancelot et frère de Lionel qui s'est mis en quête de Lancelot, et follement car il ne le trouvera point.

Là-dessus, elle s'éloigna et l'on vit arriver Bohor, suivi de ses gens, menant les chevaux qu'il avait gagnés. Il ôta son heaume et dit au roi :

– Sire, voici vos destriers, que je vous rends.

Aussitôt la reine se leva devant lui, et il n'est fête qu'elle ne lui fit pour l'amour de Lancelot. Et le roi voulut accueillir Bohor parmi les chevaliers de la Table ronde, quoiqu'il protestât qu'il n'en était pas digne.

– Beau sire, lui demanda la reine, quelle est donc la demoiselle qui était sur la charrette ?

– C'est la Dame du Lac, qui a élevé Lancelot, Lionel et moi.

Ah ! en entendant cela, la reine fut si dolente de n'avoir pas reconnu celle qu'elle avait tant appelée, que nulle femme jamais ne le fut davantage ! Elle fit amener son palefroi et courut à la recherche de la charrette qu'elle rejoignit dans la ville, où le nain promenait encore monseigneur Gauvain : aussitôt, elle mit pied à terre et s'élança dans la voiture ; le roi, qui l'avait suivie, fit de même ; et tous les chevaliers qui étaient avec eux, l'un après l'autre. Et, désormais, personne ne fut plus honni pour être allé en charrette : les criminels furent menés sur un vieux cheval à queue et oreilles coupées.

Cependant le roi songea que, s'il donnait un tournoi, il contenterait ensemble les anciens captifs de Gorre, qui depuis bien longtemps n'avaient point vu de prouesses d'armes, et les demoiselles à marier. Aussi fit-il crier dans toute sa terre qu'à vingt jours de là, une assemblée se ferait à Pomeglay. La reine s'en réjouit, car son cœur lui disait qu'elle reverrait là son ami. Mais le conte laisse ici de parler du roi Artus et de sa cour, et devise de ce qui advint à Lancelot quand il eut quitté Gahion, la cité maîtresse du roi Baudemagu, en compagnie de quarante chevaliers, pour se mettre en quête de monseigneur Gauvain.

XVIII

Comme il approchait du pont Sous l'Eau, il rencontra un nain qui, le tirant à part, lui dit que messire Gauvain le priait de venir le joindre sans délai. Il partit aussitôt, après avoir commandé à ses gens de l'attendre, et le nain le mena à un petit château très fort, entouré de fossés. Et là, il fut introduit dans une salle de plain-pied, où il n'avait pas fait trois pas qu'il chut dans une fosse profonde de plus de deux toises, mais sans se faire aucun mal parce que le fond en était jonché d'herbes fraîches. Il ne douta guère que cette traîtrise ne fût l'œuvre de Méléagant, mais que faire ? Il se laissa donc désarmer, et il fut mis en prison dans une tour, d'ailleurs très passablement traité par le sénéchal de Gorre, son gardien, qui lui laissait toute liberté, hors celle de sortir, si bien qu'il ne manqua pas d'apprendre la nouvelle du tournoi que le roi Artus devait donner à Pomeglay.

Or, le sénéchal avait une femme belle et courtoise. Chaque jour, on faisait sortir le prisonnier de sa tour, et, comme le sénéchal n'était pas souvent à la maison, Lancelot mangeait en compagnie de cette femme, qui ne tarda pas à s'éprendre d'amour pour lui. Quand le jour fixé pour le tournoi approcha, elle remarqua qu'il perdait son appétit et qu'il était de plus en plus pensif, ce qui, au reste, lui seyait fort bien et empirait encore la dame. En vain, elle lui demandait ce qu'il avait ; il ne voulait rien dire. Enfin, il avoua qu'il mourait d'envie d'aller au tournoi.

– Lancelot, dit la dame, ne devriez-vous pas avoir beaucoup de reconnaissance à qui ferait tant que vous y fussiez ? Si vous m'accordez un don, je vous baillerai des armes et un cheval et je vous laisserai sortir sur parole.

– Ha ! dame, je vous l'octroie volontiers !

– Eh bien, savez-vous ce que vous m'avez donné ? C'est votre amour.

– Dame, répondit-il avec embarras, je vous donnerai d'amour tout ce que j'en peux accorder.

Elle pensa qu'il était un peu intimidé, mais qu'à son retour, il ne saurait manquer d'être tout à elle. Aussi, au jour dit, après qu'il eut fait le serment de revenir sans faute à la fin du tournoi, elle l'arma de ses mains, et il partit.

XIX

Tant de seigneurs étaient venus à Pomeglay, dit le conte, qu'il n'était point de maison où ne pendît l'écu d'un chevalier. Ceux qui n'avaient pas envoyé leurs fourriers à temps n'avaient pu s'héberger dans la ville et tout alentour des murailles s'élevaient leurs tentes et leurs pavillons. Aux fenêtres flottaient les bannières, les murs étaient tout tendus d'étoffes, et les rues si bien jonchées de menthe, de glaïeuls et de joncs qu'on se fût cru dans la salle du plus riche palais. Elles étaient pleines de destriers, de chevaliers, de valets qui portaient des présents aux dames et aux pucelles, de damoiseaux faisant gorge aux faucons. Mais c'est le marché qu'il fallait voir, tant il était bien fourni de volaille, de poisson, de cire et d'épices ! Les changeurs criaient : « C'est vrai ! » ou « C'est mensonge ! » et ils n'avaient pas seulement de la monnaie : jamais on ne vit autant de pierreries étalées, ni tant d'images et de vaisselle d'or et d'argent. Cependant les cloches, les cors, les buccines sonnaient ; les couteaux cliquetaient dans les cuisines qui rougeoyaient ; à tous les carrefours paradaient les acrobates, les jongleurs, les joueurs de vielle et de harpe, les montreurs de lions, d'ours, de léopards et de sangliers. L'histoire dit que jamais il n'y eut une plus belle fête.

Lancelot se logea comme il put, dans une maison si pauvre que nul n'en avait voulu. Il suspendit son écu à la porte, et, comme il était fort las, il s'étendit, tout désarmé, sur un méchant lit couvert d'un gros drap de chanvre et d'une mauvaise couette. Un garnement, un héraut d'armes qui avait mis en gage à la taverne sa cotte et ses chaussures, vint à passer et, voulant savoir à qui appartenait l'écu accroché au dehors, il poussa l'huis tout doucement et approcha sans bruit, sur ses pieds nus, du chevalier endormi. Or, dès qu'il le vit, il reconnut Lancelot et se signa ; mais celui-ci s'éveilla sur ces entrefaites.

– Si tu dis mon nom à quiconque, s'écria-t-il irrité, je te tords le cou !

– Sire, je ne ferai rien dont vous puissiez me savoir mauvais gré ! répondit l'autre.

Mais, à peine hors de la maison, voilà le drôle qui va criant de toute sa voix :

– Ores est venu qui l'aunera ! Ores est venu qui l'aunera !

Les bonnes gens ébahis, sur le pas des portes, se demandaient ce qu'il disait et quel était ce chevalier qui était venu et qui l'emporterait sur tous, car on ne connaissait pas encore ce cri-là ; c'est depuis ce temps qu'on l'entend dans les tournois.

Presque toute la nuit, il y eut caroles dans les maisons qui étaient si bien illuminées qu'on eût pensé qu'elles flambaient ; et pourtant, dès l'aube, les hérauts commencèrent de mener grand bruit par les rues et de crier : « Ores, sus, chevaliers, il est jour ! » Lancelot fut entendre la messe et déjeuna de pain et de vin. Déjà les cortèges défilaient bellement par la cité, et, sitôt arrivés sur le terrain, il fallait voir les valets ficher les lances en terre, vider les coffres sur les manteaux, étaler les hauberts et les chausses, préparer les sangles, les sursangles, les lacets à heaumes et le fil à coudre les manches. Il y avait bien là plus de cent, plus de deux cents chevaliers et les lances étaient si nombreuses qu'on pouvait se croire dans un bois. Les demoiselles de la ville étaient aux fenêtres ou sur les murs ; mais pour la reine on avait dressé un échafaud bel et long à merveille : elle s'y assit avec ses dames et ses pucelles ; monseigneur Gauvain qui ne combattait pas était auprès d'elle, causant avec d'autres barons qui ne pouvaient porter les armes, soit qu'ils fussent prisonniers sur parole ou croisés.

– Voyez-vous, cet écu où sont un dragon et une aigle ?

– Par ma foi, c'est Ignauré le désiré, qui est bien amoureux et bien plaisant.

– Celui qui porte les faisans peints bec à bec, c'est Coquillon de Mantirec.

– Sémiramis et son ami ont les mêmes armes d'or au lion passant et les mêmes chevaux pommelés.

– L'écu où l'on voit un cerf qui semble sortir d'une porte, c'est celui du roi Ydier.

– Sire, cet écu fut fait à Limoges ; cet autre vient de Toulouse ; ceux-ci de Lyon sur le Rhône : il n'en est point de meilleurs au monde. Voyez ces deux hirondelles qui paraissent voler ; elles recevront mille coups des aciers poitevins. C'est un écu ouvré à Londres.

– À vos heaumes ! crièrent enfin les hérauts.

Et les joutes commencèrent. À ce moment, Lancelot arrivait, suivi d'un seul écuyer portant une liasse de lances. Il s'arrêta un instant sous la loge des dames et regarda la reine bien doucement ; mais il avait son heaume, de manière qu'elle ne le reconnut pas. Alors il se mit sur les rangs, et quand le héraut qui lui avait parlé la veille aperçut son écu de sinople à trois bandes d'argent, il recommença de crier à tue-tête :

– Voici qui l'aunera ! Voici qui l'aunera !

Héliois, frère du roi de Northumberland, dont le destrier était plus allant que cerf de lande, avait mieux fait que nul autre jusque-là : Lancelot fondit sur lui comme la foudre descend du ciel, et il le renversa avec son cheval et lui brisa le bras en deux endroits ; puis, il culbuta du même élan Cador d'Outre la Marche, qui portait au bras la manche brodée de sa dame. Ce que voyant, ceux du parti opposé voulurent tous jouter avec lui, et il continua de la sorte, brisant les lances, abattant tout et donnant aux hérauts ou à qui en voulait les chevaux qu'il gagnait : car il n'était pas de ceux qui font du cuir d'autrui large courroie ; tant enfin que chacun s'ébahissait de le voir et que les demoiselles se promettaient de ne pas refuser un champion si preux, si par hasard il les voulait aimer.

Il advint une fois qu'il frappa un chevalier en pleine gorge, de façon que la terre fut en peu de temps rouge de sang. « Il est mort, il est mort ! » criait-on. Ce qu'entendant, Lancelot laissa choir son arme et annonça qu'il allait quitter le champ. Mais, quand il eut appris par son écuyer que le navré était le sénéchal du roi Claudas de la Déserte :

– Puisqu'il appartient à Claudas, peu me chaut de sa mort ! dit-il. C'est le chevalier Jésus qui me venge de mes ennemis.

Et là-dessus, tirant son épée, il commence la mêlée, frappe à dextre, à senestre, arrache les écus, fait sauter les heaumes, et boute, et enfonce, et frappe, et cogne des membres et du corps.

Or, à voir tant de prouesse, messire Gauvain eut soupçon que c'était là Lancelot et fut le dire à la reine. Mais il y avait longtemps qu'elle l'avait deviné. Et pour tromper tout le monde, elle appela l'une de ses pucelles :

– Allez, lui dit-elle tout bas, au chevalier qui jusqu'à présent a si bien fait et commandez-lui de par moi qu'il fasse désormais au pis qu'il pourra.

– Oui, dame.

Et, montée sur sa mule, la pucelle traversa le champ et prit si bien son temps qu'elle fit le message à Lancelot au moment qu'il prenait une nouvelle lance de son écuyer. Aussitôt il s'adresse à un chevalier et manque exprès son coup ; puis il feint d'avoir peur, s'accroche au cou de son cheval, s'enfuit devant tous ceux qui l'approchent : de manière qu'à la fin valets, sergents, écuyers se mirent de toutes parts à huer le couard.

– Ami, criait-on au héraut qui avait prédit qu'il emporterait tout, il a tant auné, ton champion, qu'à présent son aune est brisée ! Où est-il allé ? où s'est-il tapi ?

Toute la nuit, dans leurs logis, ceux qu'il avait vaincus s'étranglèrent de médisance sur lui. Mais tel qui dit du mal d'autrui est souvent pire que celui qu'il blâme, et on le vit bien le lendemain. Pour le faire bref, le conte dit seulement qu'il en fut tout de même que le premier jour du tournoi : Lancelot fit d'abord au mieux, puis au pis sur l'ordre de sa dame. Pourtant, elle voulut qu'il terminât par des prouesses, et il en accomplit de telles que toutes les demoiselles s'accordèrent à lui décerner le prix.

Mais quand on voulut lui remettre le mouton doré, on ne trouva que son écu, qu'il avait laissé, avec sa lance et l'armure de son cheval, car il était parti avant la fin du tournoi pour regagner sa prison, où le sénéchal l'attendait en grande inquiétude.

XX

Lorsque sa femme épousée lui avoua qu'elle avait laissé partir Lancelot, pour un peu il l'eût tuée ! Il s'empressa d'avertir Méléagant, par prudence. Et celui-ci, ce traître que le mauvais feu arde ! il jura qu'il saurait enfermer Lancelot en un lieu d'où il ne sortirait point sans congé. En effet, il le fit transporter dans une tour très haute et très forte, au milieu d'un grand marais, dans la marche de Galles. On mura les portes et les fenêtres, sauf une petite ouverture, au sommet : par là, on faisait passer chaque jour au prisonnier un peu d'un dur pain d'orge et de l'eau trouble, qu'on lui portait en barque et qu'il tirait lui-même par une corde.

Cela fait, Méléagant se rendit à la cour du roi Artus, qui était alors à Londres, pour réclamer la bataille contre Lancelot et, si son adversaire était défaillant, demander que la reine le suivît comme elle l'avait juré.

– Méléagant, dit le roi, Lancelot n'est point ici, et je ne l'ai pas vu depuis un an avant le temps qu'il délivra la reine. Et vous savez bien ce que vous devez faire.

– Et quoi ?

– Attendre céans quarante jours, par ma foi ! et si Lancelot ne se présente pas, ou quelque autre à sa place, vous emmènerez la reine.

– Ainsi ferai-je, répondit Méléagant.

Or, le conte dit en cette partie qu'il avait une sœur d'un premier lit. Et cette pucelle le haïssait fort parce qu'il s'était emparé de la terre qu'elle devait hériter de sa mère, après l'avoir si bien calomniée que le roi Baudemagu, leur père, l'avait exilée au bout de son royaume : et c'était justement dans la marche de Galles. Quand elle sut qu'on avait enfermé un prisonnier dans la tour, elle résolut de s'en enquérir.

Sachez que le sergent qui gardait la tour logeait au bord du marais, près du chemin, et que sa femme devait tout à la sœur de Méléagant, qui l'avait élevée et mariée. Celle-ci vint voir sa protégée et coucher chez elle. Puis, la nuit, quand tout fut endormi, elle monta dans la barque avec deux de ses pucelles et vogua jusqu'au pied de la tour, où elle découvrit le panneret par lequel on envoyait les vivres. Et elle entendit une voix qui se plaignait et disait :

– Ah ! Fortune, comme ta roue a mal tourné pour moi ! Les vilains disent bien vrai quand ils assurent qu'on a peine à trouver un ami. Ha ! messire Gauvain, si vous étiez en prison comme je suis depuis un an, il n'y aurait tour ni forteresse au monde que je ne conquisse, jusqu'à ce que je vous eusse trouvé ! Et vous, madame la reine, dont tout bien m'est venu, ce n'est pas tant pour moi que pour vous, que je regrette de mourir ici, car je sais bien que vous aurez grand'peine quand vous apprendrez ma mort !

Ainsi gémissait le prisonnier, et la demoiselle devina que c'était Lancelot. Elle heurta le panneret et lui, qui s'en aperçut, il vint à la fenêtre et tendit le cou.

– Je suis une amie, dit-elle, triste de votre chagrin. Et je me suis mise en aventure de mort pour vous délivrer.

Elle retourna doucement à la maison, d'où elle rapporta un pic et une grosse corde, qu'elle lia à celle où pendait le panneret. Lancelot eut tôt fait de tirer la corde, d'agrandir l'ouverture et de se laisser glisser dans la barque le plus silencieusement qu'il put, et de là dans le logis du sergent.

La demoiselle le fit coucher dans la chambre voisine de la sienne. Et le lendemain, au jour, elle l'habilla de l'une de ses robes ; après quoi elle l'emmena sur un de ses palefrois au milieu de ses pucelles, à la vue des gardiens qui ne le reconnurent pas. Et sachez bien qu'une fois sorti de la tour, pour tout l'or du monde, Lancelot n'y fût pas rentré ! Mais le conte retourne maintenant à Méléagant.

XXI

À neuf jours de là finissait le délai des quarante jours. Le félon se présenta tout armé devant le roi Artus, et déclara que, puisque Lancelot ne venait pas, il emmènerait la reine au royaume de Gorre.

– Certes, dit messire Gauvain, si Lancelot était là, vous ne seriez pas si pressé d'avoir cette bataille ! Mais vous l'aurez, si vous la désirez si fort que vous en faites semblant, car je combattrai pour l'amour de madame et de lui.

Là-dessus, il alla se faire armer par ses écuyers.

Or, au moment qu'il montait sur son destrier d'Espagne, un chevalier entra au château : c'était Lancelot. Ah ! quelle joie lui fit messire Gauvain ! Sur-le-champ, il se défit de son écu, de son heaume, de son haubert, et son ami s'arma de ses armes. Le roi, cependant, accourait embrasser Lancelot, et la reine après lui, et les compagnons ; et déjà toute peine était oubliée, car le bonheur défait et efface la douleur à l'instant. Mais Lancelot, lui, n'oubliait pas Méléagant et il se hâta d'aller à lui.

– Méléagant, dit-il à son ennemi tout ébahi de le voir, vous avez assez crié et brait pour avoir votre bataille ! Mais, grâce à Dieu, je suis hors de la tour où vous m'aviez enfermé par trahison. Il est trop tard pour clore l'étable, comme dit le vilain, quand les chevaux n'y sont plus.

Tous deux se rendirent dans un vallon, entre deux bois, tout semé d'herbe fraîche et menue ; à l'abri d'un sycomore planté au temps d'Abel pour le moins, courait une fontaine vive sur des graviers clairs comme de l'argent : le roi s'assit là avec la reine, après avoir posé des gardes, et, quand le cor eut donné le signal, les deux champions laissèrent courre leurs chevaux.

Au premier choc, la lance de Méléagant vola en éclats : car ce n'était pas sur la mousse qu'il frappait, mais sur des ais durs et secs ! Celle de Lancelot perça l'écu et le serra au bras, et le bras au corps, et fit plier le corps sur l'arçon, et culbuta le cheval en même temps que l'homme. Aussitôt Lancelot mit pied à terre, et courut sus à Méléagant, l'épée à la main, en se couvrant de son écu. Et tous deux commencèrent de s'assommer à grands coups sur les heaumes, de se rompre leurs boucliers, de se tailler leurs haubers sur les bras, les épaules et les hanches. Et ainsi jusqu'à midi.

À ce moment, Méléagant parut se lasser. Il était touché en plus de trente endroits, car Lancelot était beaucoup meilleur escrimeur que lui ; il avait reçu de si forts coups sur le chef, que le sang lui coulait du nez et de la bouche, et au point qu'il en avait les épaules couvertes, bref il ne faisait plus rien qu'endurer et se défendre. Soudain, comme il avançait d'un pas pour éviter un très lourd horion, Lancelot le heurta si rudement qu'il le fit choir, épuisé, et aussitôt lui sauta dessus et le saisit par son heaume ; mais les courroies étaient fortes : il eut beau traîner Méléagant, elles ne rompirent pas. Alors il le frappa du pommeau de son épée à lui faire entrer les mailles de sa coiffe dans la tête, et tant que l'autre se pâma : puis il coupa les lacs et arracha le heaume ; mais il attendit que Méléagant fût revenu à lui, et, au lieu de lui trancher le cou, il lui demanda s'il s'avouait outré.

– Merci ! cria le félon. Par tous les saints qu'on prie au Paradis, ayez merci de moi !

Et, tout en disant ces mots, il soulevait bellement le haubert de son vainqueur pour lui bouter son épée par le ventre. Ce que voyant, Lancelot haussa la sienne et d'un seul coup lui fit voler la tête.

Comme il essuyait sa lame toute souillée de sang et de cervelle, Keu le sénéchal courut lui ôter l'écu du col.

– Ha ! sire, dit-il, vous avez bien montré, ici ou ailleurs, que vous êtes la fleur de la chevalerie terrienne.

Ensuite vint le roi Artus, qui accola Lancelot tout armé comme il était et voulut délacer lui-même son heaume. Puis messire Gauvain arriva, avec la reine plus heureuse que femme ne le fut jamais, et tous les autres barons.

Le roi commanda de dresser les tables, et sachez qu'il octroya à Lancelot un honneur qu'il n'avait jamais accordé à nul chevalier, pour haut homme qu'il fût : car il le fit asseoir tout à côté de lui, sur son estrade. Et certes il était arrivé qu'il y fît siéger quelque chevalier vainqueur au tournoi ou à la quintaine, mais non pas si près de sa personne. Telle fut la place de Lancelot, ce jour-là, par la prière du roi Artus et le commandement de la reine sa dame, et il en était tout confus.

Lorsqu'ils eurent mangé leur content, les chevaliers s'en retournèrent à leurs logis ; mais le roi retint Lancelot et le fit asseoir à une fenêtre de la salle, ainsi que la reine, monseigneur Gauvain et Bohor l'exilé. Et là il lui demanda le récit des aventures qui lui était advenues depuis son départ de la cour, et les entendit avec plaisir ; puis il manda ses grands clercs et les fit coucher par écrit. C'est ainsi qu'elles nous ont été conservées au livre de Lancelot du Lac.